PAUVRE PIERROT

Willette

Préface de l'auteur

à mon maître d'école.

adolphe Willette

Le Roman de la Rose

« Que tu es belle !... Dis, la Rose, veux
-tu m'aimer ?... Tu sais, je suis
Pierrot, le petit pierrot, je veux aimer
une Majesté ; tu es la Reine des
fleurs, je monte te faire la cour. »

Mais la Rose a la taille
cruelle et pour lui faire la cour
il faut avoir des ailes. Le naïf
Pierrot retombe humilié et tout meurtri.

Monsieur Grosbourdon, (l'amant sérieux)
est accouru et bruyamment pénètre chez la Rose
en exigeant, non un tendre baiser, mais sa
nourriture de chaque jour.

« Meurs, méchante fleur de joie ! », et la Rose
décapitée s'incline en répandant les riches bijoux
dont l'aurore venait de la parer.

« Meurs aussi, Pierrot, tu m'as pris mon
gagne pain » gronda le bourdon en perçant de
son dard l'amoureux blanc...

Willette

Mon rosier est mort

Elle a cueilli la rose que j'aimais,
et Elle l'a donnée au cochon, la méchante
femme que j'aimais !
    Le dernier bouton allait s'ouvrir
mais il a été coupé par l'affreux moderniste !

    Le rosier aurait pu
refleurir encore, mais l'Ouvrier
impitoyable a écrasé sa racine !

    Je pleure mes illusions perdues
je porte le deuil de la Rose.

Pierrot

L'âge d'or

Je t'aime . aime-moi !

. . . .

Tu ne veux pas ? Alors écoute la poésie, tu me comprendras mieux : c'est le langage des anges, écoute...

Tu ne comprends pas ! Et bien je vais à l'aide de la Musique t'exprimer ma tendresse ! Entends-tu ?

J'ai mis dans mon violon tous mes désirs, tous mes tourments, tout mon amour, toute mon âme. Quoi ! Les oiseaux m'écoutent, m'entends-tu, toi ?

Tu ne m'entends pas !

Tu ignores peut-être que tu es belle ; je vais te l'apprendre avec l'aide de mes plus riches couleurs.

Mais non, tu ne vois pas mes souffrances, je ne puis faire le chef d'œuvre qui est Toi....

Tu n'es qu'une statue, je vais t'épousseter, méchante femme !... tiens, l'insulte te laisse insensible aussi ; au moins prends pitié de moi, car je vais mourir à cause de toi... Tu ne t'en moques pas mal, alors bonsoir, la belle, je vais aller planter des choux et gagner de l'or pour te posséder, car je vois qu'il n'y a que l'or qui puisse t'animer, belle statue !

Willette

'Pierrot s'amuse...'

Oui, Mossieu, s'amusait
avec des demoiselles mal
élevées. Il passait le reste
de son temps au cabaret à vider
sa cervelle et son verre sans cesse rempli
de mon excellente bière. —
N'est-ce pas qu'elle est mirifique cette bière !
Garçon, deux bocks ! —
　　Un soir qu'il s'amusait ainsi, sa femme
le cherchait de cabaret en cabaret.
　　　« Avez-vous vu Pierrot ? Là où qu'il est, Pierrot ? »
— « Ton Pierrot n'a point de cervelle, lui répondit Arlequin,
et son cœur est noyé dans le fond d'un pichet. Laisse cet
ivrogne et viens avec moi. » À ces mots Pierrot se dégrisa
et voulut tuer Arlequin, mais ils furent séparés
par Polichinelle.
　　Alors Pierrot devint fou et s'en alla dans
le brouillard faire des déclarations à la lune.
　　　Son amie le retrouva enfin, mais
pendu. J'ai toujours de sa corde sur moi
　　Garçon, deux bocks !

Richesse passe honneur

C'est vous, monsieur Pierrot ?
..... de grâce, sauvez-vous !

....

Mademoiselle Pipelet est devenue
madame Pierrot et ils eurent
beaucoup de petits pierrots.

Ces petits pierrots
mangeaient beaucoup et ils avaient toujours
faim ; un jour il fallut même
leur sacrifier Minet.

Car le violon enchanté de Pierrot avait le
don d'attirer les méchants huissiers.

Il n'en était pas ainsi de la beauté de Pierrette :
des messieurs jeunes et vieux accouraient de très loin
et donnaient beaucoup d'argent pour la voir.

D'ailleurs Pierrot était devenu très-sérieux :
il oubliait sa misère passée en pêchant à la ligne
et en faisant travailler rudement le pauvre
peuple.

Pierrot chez le Bon Dieu

Rien sans les sabots, mon petit noël
est sans doute sans le poêle !... voyons...
Quelle fumée !........ Un ange inconnu
enlève Pierrot et le dépose à la porte du
paradis : « Cordon ! plaît ! »
— « Le bon Dieu est-il chez lui ? »
— « Oui, mais comme c'est aujourd'hui l'
anniversaire de leur naissance, il ne reçoit pas. »
— « Pardon, Saint-Pierre, je suis invité. »
— « Alors, c'est à l'entresol, la porte à gauche... »
Tu sais, Pierrot, et tu essuyais la vilaine âme
avant de monter, j'ai fait l'escalier hier. »
Pan, pan ! Oh ! pardon, madame la Ste Vierge je crois avoir
sonné un peu trop fort. » Pierrot fut donc très bien accueilli par le bon Dieu
qui est un savant fort modeste et qui ne cherche pas à l'épater
seulement on crut prudent de mettre le Saint Esprit de côté
parce que le convive habitait Montmartre : craintes superflues
car Pierrot se conduisit fort bien et ne lâcha même pas son assiette
à l'instar du petit Jésus. La conversation fut aussi délicieuse que le repas,
on trinqua, on but force bon vin et Pierrot félicita le Seigneur
de ses vignes mais le bon Dieu craint le phylloxéra.
On parla ensuite littérature et arts. Dieu le père se
plaignit d'être toujours présenté au public sous de sombres aspects,
il blagua même certains peintres. « Pour me représenter, ils
recherchent principalement les types de vieux fakirs, et ils m'habillent
encore comme au temps d'Abraham. Vois, Pierrot, comme je ne
tiens l'habit, il me manque, il est vrai, la croix de la légion
d'honneur... ma foi, c'est la seule chose que j'ai oublié de
créer, et par malheur pour moi je suis brouillé avec monsieur
Grévy à cause de quelques chinoiseries »
— « Ah gredin, c'est la seconde fois que tu t'enivres chez Pierre !
n'y reviens pas, ivrogne » Et saint Pierre, d'un coup de balai, précipita Pierrot
dans sa petite chambre, à Montmartre.
Si les pochards ont quelquefois de beaux rêves, ils ont
toujours des réveils cruels.

C'est demain Vendredi Saint !

à Christiane.

Pourquoi trembles-tu, Maîtresse chérie, pourquoi ne pas dormir dans mes bras, heureuse et rassasiée de baisers ?
Mais tu pleures ?
« Oh ! la terrible croix ! C'est demain Vendredi Saint. Petit Jésus, vous avez pardonné à Madeleine. Laisse-moi Pierrot, j'ai peur. Oh ! les méchants diables ! Espère : je ne le ferai plus.
Mon Père bénissez-moi
Et mon...
Petit...

Sauvés, merci mon bon ange. Le diable peut se fouler à présent ; il a des poches)
« Promets-moi Pierrot, tu me fais horreur, allez vous coucher tout seul, car tu vois, mon loup, je ne tiens pas à rôtir pour toi. Je fais pénitence ! »

L'y, ding, dong...
C'est Pâques ! Les joyeux carillons sont de retour, avec eux s'envolent les sombres terreurs, avec eux reviennent la joie et l'amour.

« Ah ! comme je t'aime mon Pierrot ! »

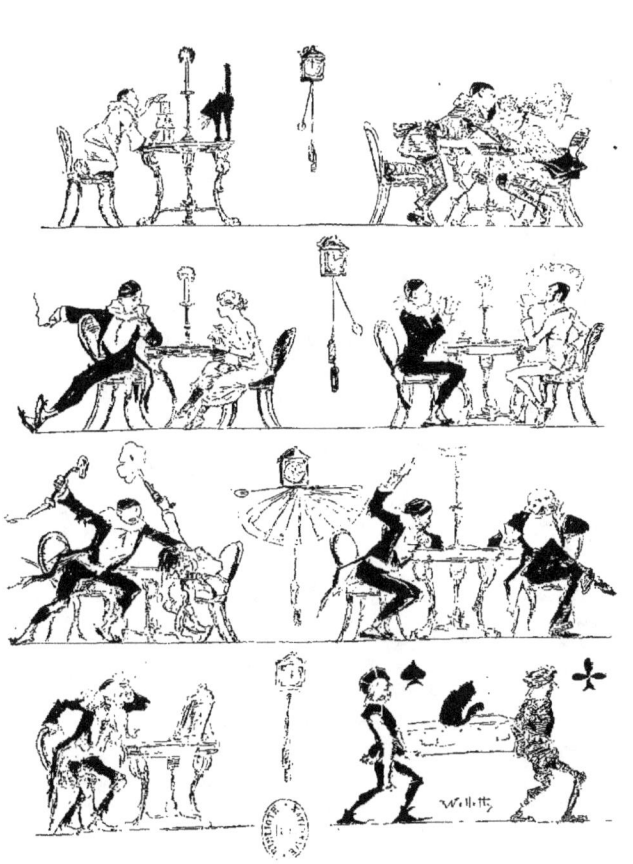

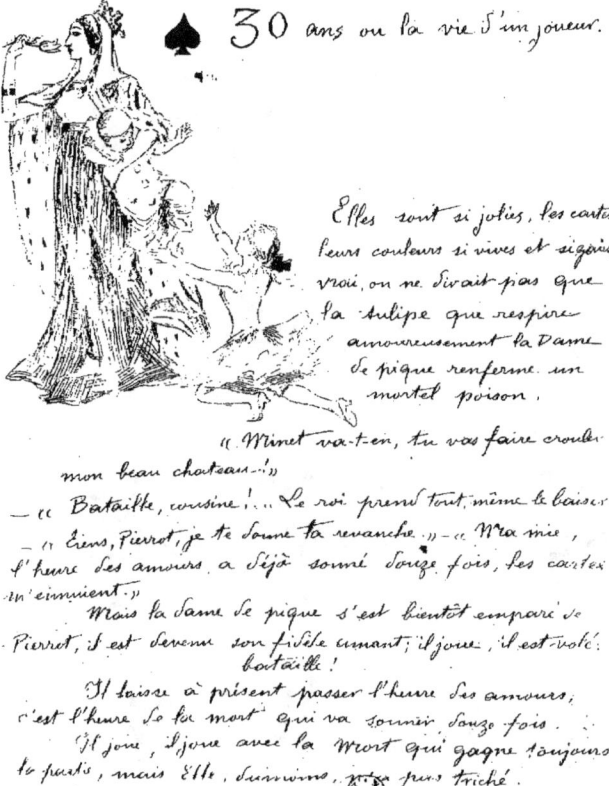

♠ **30 ans ou la vie d'un joueur.**

Elles sont si jolies, les cartes,
leurs couleurs si vives et si gaies,
vrai, on ne dirait pas que
la tulipe que respire
amoureusement la Dame
de pique renferme un
mortel poison.

« Minet va-t-en, tu vas faire crouler
mon beau château... »
— « Bataille, cousine !... Le roi prend tout, même le baiser.
— « Tiens, Pierrot, je te donne ta revanche. » — « Ma mie,
l'heure des amours a déjà sonné douze fois, les cartes
m'ennuient... »
Mais la dame de pique s'est bientôt emparé de
Pierrot, il est devenu son fidèle amant, il joue, il est volé,
bataille !
Il laisse à présent passer l'heure des amours,
c'est l'heure de la mort qui va sonner douze fois.
Il joue, il joue avec la Mort qui gagne toujours
la partie, mais Elle, Suivons, n'a pas triché.

Willette

Pierrot a gagné le gros lot

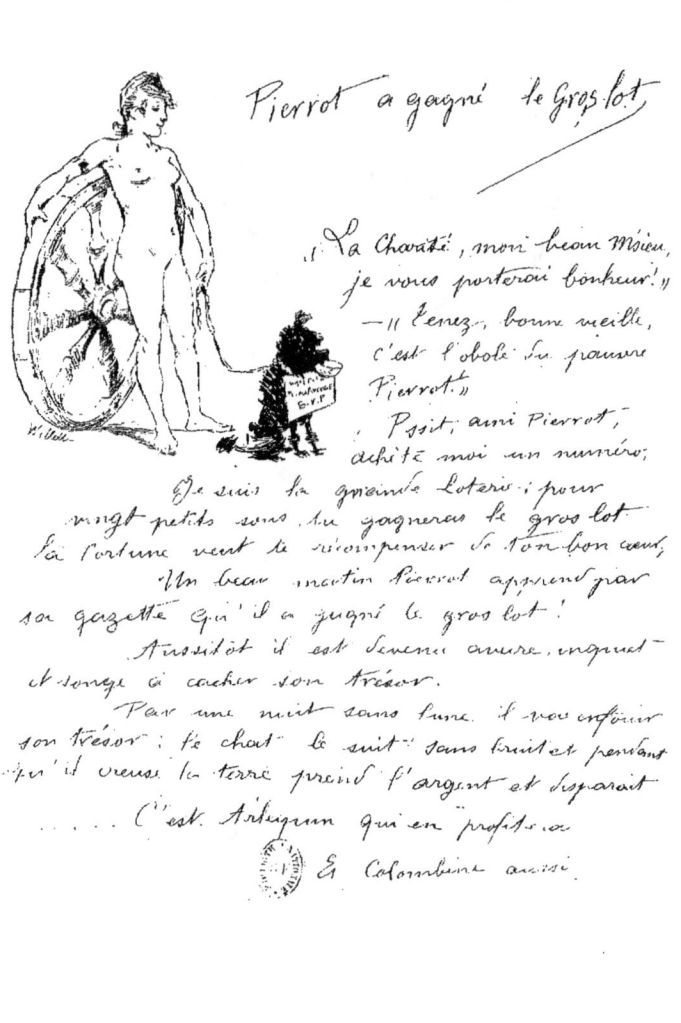

« La Charité, mon beau M'sieu,
je vous porterai bonheur ! »
— « Tenez, bonne vieille,
c'est l'obole du pauvre
Pierrot. »

« Pssit, ami Pierrot,
achète-moi un numéro ;
Je suis la grande Loterie ; pour
vingt petits sous tu gagneras le gros lot.
La Fortune veut te récompenser de ton bon cœur !
Un beau matin Pierrot apprend par
sa gazette qu'il a gagné le gros lot !
Aussitôt il est devenu avare, inquiet
et songe à cacher son trésor.
Par une nuit sans lune il va enfouir
son trésor ; le chat le suit sans bruit et pendant
qu'il creuse la terre prend l'argent et disparaît
...... C'est Arlequin qui en profite...
Et Colombine aussi.

Deux pages d'amour

Voici l'histoire en deux mots:

Pierrot lui a pris son amour
un jour à la promenade pendant
qu'elle dormait et que son âme
s'était envolé pour babiller avec les
petits oiseaux.

Quand ils eurent léché tout
le miel de la Lune ils redescendirent
sur la terre noire où Pierrot abandonna
son amour.

Deux pages d'amour (suite)

Il fut recueilli et adopté par une dame
qui en avait perdu un tout semblable (il
y avait longtemps).

Monsieur Alphonse d'abord furieux
se radoucit ensuite à cette idée pratique.
« Alors, faudra qu'il turbine, je n'aime pas
les feignants. » Un soir que le pitoyable chérubin
turbine sur le boulevard, il est reconnu par
Pierrot qui se promène et qui veut le reprendre.
Mais Alphonse veille dans l'ombre
et les surine tous deux.

Pierrot poltron

Vos chants ont fait
pâlir Pierrot et rendu son
âme inquiète

Tout le terrifie, à la campagne
le moindre bruit est un spectre
et la Mort lui donne la
chasse!

S'il rit ensuite en désignant
ses dents, c'est sa poltronnerie
qu'il veut plaisanter et non
votre belle et sépulcrale poésie,
soyez en certain, mon cher Rollinat.

Oh! Gousseau!
Vois donc ce drôle de dada!
— "C'est le cheval de mon
père Apollon, ami Pierrot."
Allons faire avec lui une
promenade, veux-tu, Sis!
Tu sais que nous nous sommes
toujours aimés, même en enfer:
une ballade dans le ciel
avec toi me fait toujours
plaisir.
Willette

Vision —

Au clair de la lune ....

Elle était très-gentille, je
l'ai suivie ce matin très-longtemps
... je suis éreinté... je voudrais
bien me la rappeler pour la
dessiner... je suis très-éreinté...

Pierrot s'endort sur son
croquis.

« Bonsoir Pierrot, voici ton
modèle rêvé, je me mets entièrement à ta
disposition, j'ai confiance en toi...... »

« Quel agréable cauchemar
mais que le mur est dur à
embrasser, s'écrie Pierrot en se
frottant la tête.

Ma chandelle est morte,
je n'ai plus de feu.

Willette

est un conte blanc que le soir
à Saint Nicolas, on raconte
au coin du feu.

C'était la nuit de Noël.
Le petit le gênait et voulant
aller rigoler avec les diables,
Elle l'abandonna, tout nu
sous la porte du Paradis,
C'était l'époque de
la mue des anges et leurs
plumes tombaient à gros flocons
blancs.

A donques, Grand Pierre, chérubinement installé dans
sa loge, faisait gaiement le réveillon avec Saint Joseph.

Cependant de temps en temps de méchants diables
venaient sournoisement tirer la sonnette et Saint Pierre
s'accourir cessait pour corriger ces vilains polissons, qui
s'enfuyaient en lui tirant la langue.

Ce fut dans une de ces sorties, inutiles que le
Céleste Portier aperçut le petit enfant. Il le prit dans ses
bras, et joyeux de sa trouvaille le baptisa et le nomma
Pierrot.
Et il changea la neige qui le couvrait en une
étoffe plus blanche que les lys et plus dorée que la
joue d'un chérubin.

« Va mon petit Pierrot, il ne m'est pas permis de
te garder; retourne sur la pauvre terre, et prends bien
garde que le Diable ne mette sa main noire sur ta
robe blanche si tu veux revenir auprès de moi

Alors Pierrot s'enfut se ballader en cueillant des fleurs. Sur la route, il rencontra des petites filles qui s'amusaient avec des nègres, et qui lui rieient au nez.

Il s'aperçut que lui seul était blanc, et il eut honte. — Alors pour vivre avec les petites filles il leur donna ses belles fleurs; mais aussitôt sa blouse blanche fut tachée et ne pouvant effacer cette tache, il pleura, devint gris et puis noir.

Depuis ce jour maudit, il s'en alla, lui aussi, tirer la sonnette de Saint Pierre avec les diables ses nouveaux amis.

Mais Saint Pierre désillusionné flagge impitoyablement les petits pierrots qu'Elle dépose encore à la porte du Paradis, et c'est la neige de Noël.

C'est un conté noir qu'à la Noël, on raconte à Saint Nicolas.

La Bourse ou la Mort !

Au clair de la lune........

Ne pleure pas, Pierrette.

La vie est plus douloureuse
que la mort, et puis j'aurais
fini par suivre le cortège du
Veau d'or, en vendant mes rêves
tout le long du chemin.

Le bon Dieu m'a bien reçu
et m'a promis une petite place pour
toi là haut, quand tu cesseras
de me pleurer.

Il m'a aussi permis
de continuer dans l'azur
ma vie de vagabond
c'est pourquoi je
reviens sur notre
mansarde
chanter :

Ne pleure plus,
Pierrette,
au clair de
la lune.

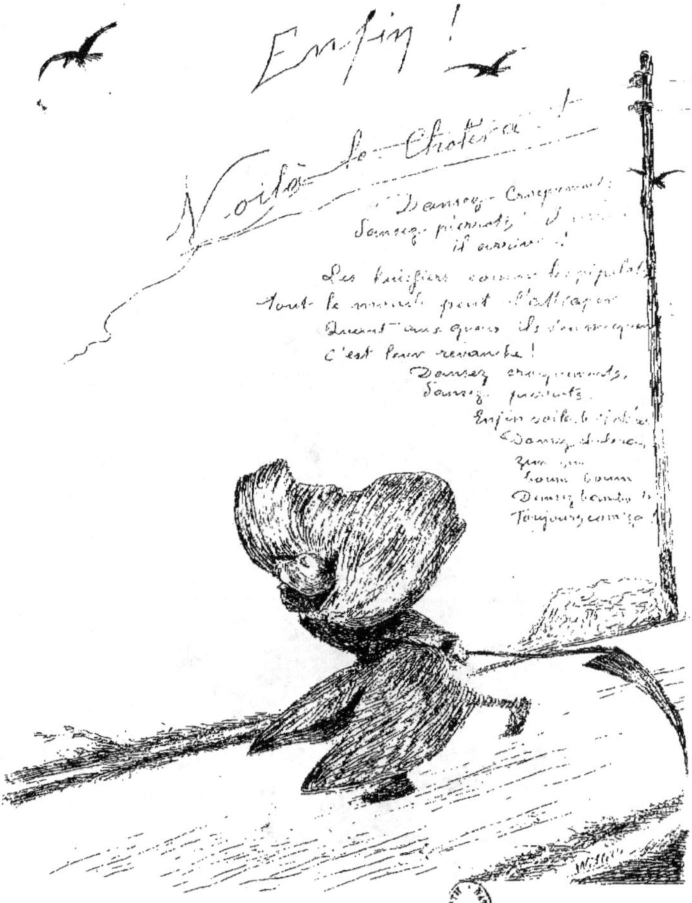
Enfin !
Voilà le Choléra !
C'est leur revanche !

www.ingramcontent.com/pod-product-compliance
Lightning Source LLC
Chambersburg PA
CBHW060854180626
46818CB00004B/1701